TORRES
EDITORES

Huida bajo un paisaje de agua

Huida bajo un paisaje de agua

Jorge Aranguren

Relato ganador
PREMIO GUIPÚZCOA
1971

Primera edición: noviembre 2024

©Jorge G. Aranguren
©Torres Editores
Diseño y Maquetación: Mikel Fuentealba Iribarne
Impresión: Lozano Impresores

Printed in Spain
I.S.B.N.: 978-84-10291-97-3
Depósito Legal: GR 1625-2024

Dedicatoria:

Esta versión actualizada de mi relato breve ganador del Premio Guipúzcoa 1971, se lo dedico a todos mis amigos, fieles y pacientes seguidores de mi trabajo literario.

*La libertad es un pájaro pequeño
mojado por la lluvia.*

(Basho)

Yosune Icíar sintió las primeras gotas sobre su piel y respiró con alivio. Pensó en la lluvia como en un regalo —obsequio casual—, alzando por instinto el rostro contraído y sucio, donde el sudor se confundía ahora con las primeras gotas del chaparrón: duras y gruesas, frías como los dedos de un muerto. Caminaba un poco vencida hacia adelante, el macuto a la espalda, terciado hacia la izquierda para evitar la quemadura; seguía las huellas de Venancio, hundiéndose a veces en el verdor de los helechos, oyendo el propio ruido de sus pasos y, de manera intermitente, la tos sofocada del Cabrero, que le atacaba la garganta con un rumor de entraña seca y convulsa. La chica vio clarear en la cerrazón del horizonte el edificio de la ferrería. Era una mancha blancuzca, de contorno movedizo, y ella se alegró de estar tan cerca. Notó sus pisadas más firmes, hasta el punto de que la sacudió, por un instante, un barrunto de seguridad, algo que no la sucedía desde tiempo atrás; sentimiento que la avergonzó al re-

9

cordar a Gorka y, sobre su imagen, tendida boca arriba en el suelo, aquellos ojos aferrándose a una luz ya imposible, y las palabras últimas que tendrían quizás el color opaco de la sangre: "Yosune, cielo... Escapa, déjame aquí"...

Pero la silueta cuadrada y confortadora estaba próxima y, al mismo tiempo, arreciaba el chubasco. Percutía el agua sobre los rostros intentando lastimar. Y, al poco, notaron los fugitivos —ellos tres— sus ropas empapadas, pegadas a la piel, chorreando el agua voraz y repentina en los senderos diminutos de cada arruga. Era el chaparrón de la media montaña, breve y eficaz como un mastín, septembrino, que hace de las sendejas una charca y desbroza hasta los cardos borriqueros con su flor melancólica: símbolo humilde, en su amarillo, de la fidelidad. (En ese chubasco camina Mari, la bruja mala y voladora que les corta a las chicas los embarazos; de Barázar a Amboto, por las cresterías del Duranguesado.) Ahora, todo el campo era un inmenso tambor y redoblaba a tal punto, que ese estruendo surgía de lo más hondo de la tierra.

Era una misma y prolongada nota que iba creciendo y mudando de tono hasta alcanzar el más grave; voz soberbia y enronquecida que suele acompañarse con el rataplán del trueno, con gotas de núcleo de granizo y su canción semisalvaje.

Venancio Areta hizo un gesto a sus compañeros, conminándolos a que se apresurasen. Tendió la mano a la mujer, que marchaba casi a sus espaldas, y advirtió, a través de la humedad que le cubría el rostro, las pupilas índigo de ella —del color de la jacaranda mediado octubre—, su boca entreabierta para cobrar un poco más de aliento, el pecho breve y alzado en el sofoco de la respiración.

Cogió Venancio el macuto de ella, por aliviarle su carga, y pudo ver o adivinar la sonrisa fatigada de la joven; sonrisa algo triste que parecía aflorar a sus labios con gran esfuerzo: gesto agridulce, anticuado dolor. Apresuraron el paso. Ya era tiempo, pues la tierra comenzaba a desmoronarse y los pies se hacían más pesados y se hundían en el suelo fungoso, verde; y el cansancio de las once horas de marcha les soplaba al oído palabras de desaliento, emperezaba músculos, agarrotaba el pulso y la voluntad, les sugería insidiosamente esa trampa tantas veces tendida y rechazada, esa idea de ceder una vez más y por todas, de abandonarse luego y dejarse caer al abrigo del primer roble de alta copa. Dejar de luchar, de abrumarse, de huir. Pero seguían caminando bajo el aguacero, ceñidos por un cielo gris, despellejado, que se desprendía en hilachas sucias como telarañas de desván hasta la umbría uniforme que se lo iba bebiendo pacientemente con regurgitar atragantado. Era un velamen triste este diluvio navegante. Se perdía entre las hojas del castaño o del tejo sacerdotal, o en los brazos de las choperas, hasta tocar con lengua húmeda la dulce lumbre del helecho. Se aproximaban al caserío —antaño ferrería— mientras arreciaba el meteoro, su malquerencia. Iba Venancio con Yosune sujeta de la cintura, escupiendo él tanta agua como le corría por los ojos, nariz y oídos; su pierna izquierda, casi a rastras: trasto inútil, desesperante, con su trocito de acero sobre la rótula y el dolor puntual en los días húmedos o de marchas forzadas.

Venancio Areta se preguntó, incómodo, por qué recordaba ahora aquella cara insignificante —las pupilas desorbitadas por el miedo tras los anteojos de fuerte aumento—. Ese rostro lo recordaba Venancio con nitidez asombrosa (y el caso es que no pesaba en su conciencia, pues no le ocasionó violencia alguna).

El homúnculo alzó unas manos que temblaban descaradamente. Después, y como en trance, fue colocando los billetes de valor superior en el saquito de lona; y siendo la mañana bonancible, el sol llegaba hasta la ventanilla, subíase a los anteojos del hombrecito y hacía guiños curiosos en la superficie de las lentes, de manera que Venancio no podía asegurar si el otro estaba llorando, aunque pudiese oír en el silencio repentino unos hipos secuenciados, como de llanto leve.

—Cálmese... pero dese prisa —dijo Venancio—. No me joda...

Luego, Venancio cogió la lona, calculando, a bote pronto, diez billetes de quinientos euros. Mientras, Yosune Icíar se apoyaba en la pared, junto a la puerta, apuntando la Star contra unos empleados que hacían esfuerzos por mantenerse de pie. Venancio vio a Yosune recortada contra la pared, pintada ésta de un bonito limón; miró su rostro en sombra y la curva suave de las caderas, algo insinuada por el gesto. Durante un segundo o su fracción, el hombre se imaginó desnuda a la guipuzcoana. Desnuda para el amor en aquella postura entre forzada y natural; los senos, duros, frutales; la cintura, de azúcar; y los largos muslos, de suave tacto para la mano encendida. Fue sólo un instante, en el silencio de piedra que se había hecho alrededor, con aquellos tipos temblorosos, manos arriba, y aquella mujer joven —vengadora o desesperada—, y el otro hombre, que era él, con la cabeza puesta a precio por el gobierno instituido; y aquel solecito mañanero, rubio, mendaz, de matacabritillas, entrándose por ventanas que se abrían a oriente, para alumbrar con indiferencia a un puñado de seres con su miedo a cuestas, su rabia, sus ilusiones y su doblez. Venancio hizo una seña a la chica y se retiró hacia la entrada. Cuando cruzó el dintel, Yosune retrocedió, encañonando todavía a los rehenes. Luego se unió a su compañero y cruzaron la puerta, de forja antigua, para entrar en el todoterreno que los aguardaba con el motor en marcha. Tras el arranque se oyeron gritos entre la polvareda, y un hombre que llevaba algo en la mano cruzó la calle hacia ellos. Venancio distinguió la camisa, la boina roja y el correaje. Entonces giró la dirección, acelerando, y pudo hacer que el vehículo saltara como una catapulta, con un chirrido de las ruedas motrices por la violencia repentina del giro. Se apagaron los gritos y la figura del policía aumentó rápidamente de volumen, llenó el recuadro del parabrisas. Venancio Areta oyó a Yosune, su grito, y los dedos de ella le sujetaron precipitadamente, y notó que la joven volvía la cabeza por hurtar el cuerpo a un impacto ya del todo inevitable. Después, casi de modo simultáneo, se oyó el ruido de un arma corta y otro chasquido diferente, sordo éste, inconfundible, cual un saco de piedras que se estrellase contra un objeto más duro y vigoroso. El cristal delantero del automóvil saltó hecho añicos. Venancio recibió en su rostro una granizada de vidrios desmenuzados y probó la dentera de rebasar algo blando y crujiente, tras la náusea del patinazo. Cuando enderezó el coche, los labios le sabían a sal, a sangre fresca y dulzarrona, y la mano de Yosune seguía sobre su brazo, rígida como un cepo. El viento entraba en tromba por el hueco del parabrisas y apenas si se podía distinguir la cinta gris de la carretera. Giró hacia el este por carreteras secundarias —pronto se volvieron trochas— y pudo sortear badenes enlodados y declives en cuyo borde se adivinaban troncos desprendidos, ramas, rocas removidas por la lluvia y el cieno.

—Voy a vomitar —se lamentó Yosune.

Venancio le retiró con suavidad aquellos dedos que se engarfiaban sobre su brazo.

—No —*dijo éste*—. No.

Yosune pugnaba por alejar la imagen del atropellado.

—Es que... —*suspiró.*

—¿Cómo te llamas? —*preguntó el hombre inopinadamente.*

—Tú lo sabes bien: Yosune Icíar —*respondió ésta en un sollozo*—. ¿Por qué me preguntas eso?

—¿Y tu padre?

—Mi padre se llamaba Blas.

—¿De dónde era?

—Era de Ermua, como yo; y como la amá.

Venancio no soltaba prenda.

¿Y cuándo lo mataron? —*inquirió, impertérrito.*

—El dos mil nueve. Tres días antes de Navidad. Hará 15 años.

—Eras una cría.

—Si —*dijo Yosune, temblorosa.*

—Dos tipos lo mataron junto a tu casa, a cara descubierta. ¿No es así?

—Lo sabes. Es así.

Venancio puso su mano libre en la rodilla de la joven.

—Entonces, no vomites —*dijo*—; aquellos tipos no lo hicieron —*y con una mueca*— : Debes aprender de los verdugos.

El Cabrero hacía la caminata en tercer lugar, detrás del hombre y de la mujer, que iban juntos y se ayudaban. Para el cabrero, aquel chubasco era un suceso agradable; su experiencia le decía que, muy pronto, las trochas de montaña se harían intransitables para los vehículos. Por eso, el agua que salpicaba su frente y se entraba, promiscua, por el cuello del kaki, le parecía un delicado presente, un favor de amigo, una leal jugada de la naturaleza. Le entraron ganas de cantar y recordó una coplilla que se cantaba en su pueblo, siendo él muy chico, dicha entre dientes, buena para soplársela al oído de una hembra bien apercibida:

> —*Rezo por vernos, mañica,*
> *como los pies del Señor,*
> *uno encimica del otro*
> *y un clavico entre los dos...—*

El Cabrero recordó la explícita intención de la coplilla, sonriéndose, casi ajeno a la torrentera que le escupía el cielo feo y deshecho, indiferente el hombre al grito ahogado de la tierra, al vapor que ascendía desde el campo, como si por debajo de la hierba, más allá de las raíces de los nogales y los olmos, alguna criatura subterránea compusiese una extraña cocción —cierto guiso descabellado— al remover las brasas esparcidas en invisible brasero. Sudaba todo el boscaje y apenas si se veía a diez pasos, de tal forma que la misma imagen del caserío, agrandándose según se iban acercando a él, parecía borrosa, se esfumaba como ocurre en los sueños con las cosas que se desean... Sonó un fuerte trueno; la manta sacudida sobre el campo restallaba con furia. El Cabrero pensó en los pájaros, y su corazón latió con fuerza al presentársele la imagen de los nidos de retama y brezo que se vendrían abajo con su tierna carga: suculento pasto de hormigas y animalillos. El hombre odiaba los pájaros; los aborrecía desde el suceso de Zumaya.

El Cabrero era un hombrachón de cara larga, quijaruda, carniseca, andares pausados y dedos ágiles, casi milagrosos. Era de Albarracín, pero sus padres, cabreros de hambre hoy y mañana también, lo llevaron con ellos a ese norte que, por entonces, parecía una antesala del Edén. El chaval, apenas con once años, demostró pronto una destreza grande e inusual en todo lo que supusiera mecanismos, aparatos, chismes. A los dieciocho años se colocó de ajustador en una empresa vizcaína: fábrica de rodamientos. De origen casi familiar, la empresa fue adquiriendo relevancia, y por el dos mil cinco ya contaba con unos cincuenta trabajadores. El Cabrero, hombre ahorrador y de escasos lujos, huérfano ya de padre y madre, alquiló un piso en Zumaya, a tres kilómetros de la empresa. Para aliviar su soledad —él desconfiaba abiertamente de las mujeres— llamó a su hermano, diez años más joven, que malvivía en las afueras de Bilbao dándose a la busca, a lo que saliere.

—*Vente para acá* —*le dijo*—. *Te encontraré un trabajo en la misma fábrica y dejarás de andar como perro apaleado.*

—*Vale* —*admitió el otro*—. *Pero tendré que vivir contigo; no tengo casa.*

El Cabrero pidió permiso para ver al patrón. No le hacía falta. Sabía éste que aquel hombre membrudo era persona de fiar.

—*Don Hilario* —*dijo el Cabrero, boina rendida, en aquel despacho lleno de luz y brillos, donde se veía el río Urola, el semicírculo que trazaba antes de encauzarse y dar en la bocana*—, *sé de una persona que podría trabajar con nosotros. Respondo yo.*

El jefe lo miró con la mirada de los días buenos.

—*¿Es pariente tuyo?* —*presumió.*

—*Mi hermano.*

—*¿Qué sabe hacer?*

—*Servirá un poco para todo, se lo aseguro.*

—*¿Tiene tus dedos?*

—*Es hábil. Yo le enseñaba algunos trucos.*

Don Hilario se puso en pie. Luego se aproximó al ventanal abierto al río, a la espesa fronda que lo abrazaba.

—*¿Discreto?* —*preguntó.*

—*Es joven. Algo jaranero sí que es.*

—*Si se parece a ti, me vale* —*dijo el patrón*—. *En lo formal.*

—*¿Cuándo se viene?*

—*En dos semanas* —*dijo don Hilario, y se quedó mirando la gasolinera que bajaba a puerto con las dos cañas de cacea por los costados del través.*

Rogelio se incorporó a la empresa el día que cayó la primera nevada sobre el pueblo, mediado diciembre. Lo pusieron en el turno de tarde, vigilando dos máquinas que hacían un ruido de los demonios. Rogelio se acostumbró al ruido y a las salpicaduras de taladrina. Vivía con su hermano, pero por las noches se iba a tomar vinos con unos compañeros de la fábrica. Rogelio era espontáneo, locuaz e ingenuo: un chisgarabís. Le gustaba hablar de la política autonómica, la "cosa nostra".

—Tienes la lengua demasiado suelta —le espetó un día el Cabrero—. Aquí, eso suele traer complicaciones. Nunca aprenderás.

—Y tú te acojonas —respondió el otro—. Esta gente es bastante troglodita.

El Cabrero no sabía que cosa era un troglodita, pero torció el hocico.

—¡Cagüen!; esos progloditas *son tus compañeros y con su esfuerzo y el tuyo puedes comer.*

—Hay cosas que no me gustan. No somos de los suyos.

—Porque no te da la gana. Bebes con ellos, hablas con ellos, ¿por qué no piensas como ellos?

El joven se atusó el pelo. Tenía un ramalazo provocador.

—No comulgo con ruedas de molino —concluyó.

El Cabrero empezó a ver cosas raras en el pabellón de máquinas. Miradas que se cruzaban, mínimos desplantes, algún salivazo demasiado cerca. Todo, claro está, dedicado a Rogelio. Aquél iba preocupándose, poco a poco, por el giro que tomaban los acontecimientos.

Un día de mayo, coincidiendo con las elecciones al municipio, el Cabrero se sorprendió al ver la puerta de su casa embadurnada de signos. Y un frase descifrable: txakurra kampora; *o sea, perros fuera... Fue a por su hermano.*

Estaba en una tasca, al final del muelle, solo y con un gesto retador.

—¿*Qué coño estás liando por ahí?* —*preguntó a Rogelio.*

—¿*Liando?*

—*Tú no has visto lo que nos han puesto en casa...*

—*No fui esta tarde.*

—*Nos han pintado la puerta. Son amenazas.*

—*Trabajo que se toman* —*respondió el joven*—. *Me la suda.*

El Cabrero se dio la vuelta, rojo de cólera.

—*Yo no te traje aquí para que hagas el idiota* —*dijo*—. *Si te ganas enemistades, un día nos colgarán un gato muerto de la puerta. Y tú ya sabes lo que con eso quieren decir.*

—*Te haces viejo* —*contestó el otro*—. *A mí no me sujetáis ni tú ni "éstos".*

Al Cabrero le recorrió un calambrazo de ternura.

—*Eres mi hermano* —*dijo atragantándose*—. *No quiero que te ocurra nada.*

Once días después, Rogelio no apareció ni por el trabajo ni por casa. En el pueblo lo habían visto poniéndole gasolina a la motocicleta. Le vio un chiquillo, nadie más.

Aquella noche, mientras el Cabrero cenaba solo, sonó el timbre del teléfono. Una voz algo distorsionada le dio el nombre de un lugar y una distancia kilométrica; después colgó. El Cabrero bajó hasta el pueblo, cogió su Panda de segunda mano y salió a la carretera. Se detuvo en el lugar descrito, en el kilómetro anunciado. Nada. Pero, a poco, vio, junto a un castaño, un bulto en el suelo. Era grande y, junto a él, revoloteaban unos pájaros muy oscuros. "¡Los pájaros!", se dijo el Cabrero, mientras sentía en las rodillas un peso descomunal. "¡La madre que...!" Levantó el cuerpo, que yacía encogido y en posición casi fetal. Era Rogelio. De su pecho, prendido de imperdibles, colgaba un rótulo hecho con cartones. El letrero decía: "Por chivato". Así, en español.

Rogelio tenía la mitad de su cabeza repartida entre la pinocha y las hierbas malas. Los pájaros, muy activos, le habían sacado un ojo...

Estaban cerca del caserío —la antigua ferrería— y la lluvia no les daba tregua.

A Venancio le entró una tembladera repentina; fue subiéndole por la espina dorsal, y él se hizo violencia para no denunciarse con el castañeteo de sus dientes. Deseó entonces tomar un trago de cualquier líquido que contuviera alcohol, por abominable que aquél fuese, porque sentía la sangre acuosa y se le negaba el vigor imprescindible. "Mierda de pellejo —se dijo—. Sólo esto me faltaba: la puta tiritona para sorberme las fuerzas; y lo demás, la calentura y los vómitos. A Cecili tendré que caerle en gracia, si es que aún vive la moza y no nos saca a puntapiés. También es suerte este incordio de la pata chula, y tirar de Yosune, que no puede con sus hígados." Y el hombre siguió dándole vueltas al ovillo de sus pensamientos: "Buena chica esta Yosune, y tan valiente; rica también para amarrarla a la sábana... Pero no sé si le gustaría, no me atrevo. Bien, ni pensando en trajinar me meto el calor adentro. ¡Qué molestia de chaparrada cuando ya llegábamos!"

El Cabrero alcanzó a la pareja. Insensible al turbión, con sonrisa mal puesta, iba soñando con el mal trance que pasarían los pájaros. Cubría el Cetme con la manta y no se atrevía a adelantarse porque aquello era sólo competencia del jefe.

—Aúpa, niña, que ya llegamos —gritó.

A Yosune le dolía un pecho por el repetido roce del macuto —de su tirante—, y con frecuencia sentía mordeduras en el quemazo, como si aquel trozo de piel, cárdeno y seco, estuviera vivo todavía o no se resignase a saberse definitivamente muerto. El Cabrero se les unió. No parecía muy fatigado.

—Usted piensa en lo mejor, jefe; para eso le dieron inteligencia —dijo—. Pero no sabemos quién nos van a recibir.

—Igual nos da acabar aquí que un poco más allá —respondió Venancio, enseñando los incisivos y con un fatalismo que estaba lejos de sentir—. Pero nos aguarda buena gente.

—Dios le oiga.

La rodilla de Venancio Areta apenas si hacía juego. El hombre tiraba de su pierna escarneciéndola, y maldijo el triángulo de acero que giraba incrustado en el cartílago: placa que le mordía en las jornadas de oeste firme y humedad.

"A gusto te cortaba, trasto viejo —se dijo—. ¿Qué es lo que puede hacer un hombre con una cojera así? Joderse, naturalmente. Media vida acarreando este armatoste." Le dio una vuelta el pensamiento: "Bah, tampoco hay que quejarse demasiado. Tengo clara la cabeza, los güevos en su sitio. No lloremos por naderías". Llegaron hasta el porche y subieron pesadamente los peldaños. El agua rebotaba sin pausa en los aleros y saledizos, escurría por la fachada pintada de cal sucia y bajaba en regueros anchos, presurosos, que parecían perseguirse.

Venancio llamó a la puerta con los nudillos, y casi de inmediato se oyó un ladrido corto, temeroso, como el de un perro adormilado.

—Al menos hay alguien dentro —dijo Yosune—. O lo parece.

Yosune Icíar se apoyó en una de las vigas que soportaban el porche. La madera estaba seca, agardamada, roída por los termes y salpicada de astillas. Al fin se abrió la puerta. En el umbral apareció una mujer de edad mediana, flaca y con ojeras. Miraba a Venancio fijamente, como si intentase reconocerlo. Reparó luego en la chica, desmadejada junto a la viga, y miró al Cabrero, que estaba un poco más atrás, casi en el borde del vierteaguas.

—¿Qué se les ha perdido a ustedes tres? —dijo la mujer sin dirigirse a nadie en concreto.

Venancio Areta se echó a reír. Fue una risa breve y forzada, que apenas disimuló las sacudidas de su boca y de su cuerpo bajo la tiritona.

—Miren a Cecili —murmuró—. Ya no reconoce a los viejos amigos.

La mujer los observó de nuevo. Se pasó una mano por la frente, cual si quisiese apartar alguna hebra de cabello o un recuerdo malo.

—Tú eres Venancio —dijo—. El mismo Venancio Areta en persona. ¡Buena facha traes para conocerte!...

—Pasó el tiempo, Cecili... —Venancio tomó un buche de aire para proseguir—. Tu gente, bien, me figuro.

—Mi gente sabe conformarse con lo que Dios nos da... Adentro andan mi hijo Koldo y un peón que nos ayuda en las faenas.

—Pues yo he venido aquí con estos dos amigos. Íbamos con prisa cuando nos lió el chubasco. No queremos molestarte.

La mujer hizo un gesto, invitándolos a entrar. Dentro brillaba una luz.

Cuando pasó el Cabrero, los ojos de ella se fijaron directamente en el arma.

—No gusto de estos trastos en mi casa —rezongó—. Bastante hemos padecido.

El hombre bajó los ojos. Le costaba trabajo el expresarse en aquella contingencia.

—Usted, señora, me perdonará; yo no mando aquí. En cuanto a ésta —y tocó el borde del cañón—, no le tenga miedo, que está descargada.

Venancio se volvió hacia la mujer. Sentía ganas de arrojarse al suelo y descansar un buen rato. No estaba para discusiones.

—Perdóname, Cecili, pero tenemos que estar alerta. Vienen detrás pegando duro.

—¿Quiénes vienen?

—Boinas rojas.

—Y ustedes tres ¿no han hecho nada?

—Sólo lo que es justo —afirmó Venancio.

—¡Quién sabrá lo que es justo! —murmuró la mujer—. De momento, andan todos de estampida y temen por sus pieles. ¿Es así?

—Siempre fuiste lista, Cecili.

—Lo suficiente para conocerte. ¡Buen pájaro, el Venancio! Ustedes, los hombres, no escarmientan nunca.

La mujer, con sus palabras, protestaba débilmente, pero supo que estaba ahora en otras manos. Se dirigió a Yasune:

—Venga, hija, quítese ese remojón, que se parece a una *antxoa*. Acompáñeme; podré dejarle algo seco.

Cogió a la chica del brazo y percibió en su mirada un recelo. "Parece brava", se dijo. Y pensó, con aprensión, en Koldo. Se dirigió a los dos hombres:

—Siéntense, pónganse cómodos. Por hoy no correrán más. Buscaré también ropa para ustedes.

La sala hacía las veces de comedor. En el centro, una mesa grande de nogal y, arrimada a ella, sillas toscas, de pino, con respaldo alto y boliches en los remates. El suelo era de baldosa y tierra apelmazada, con esterones de ancho nudo, de un ocre mate y mortecino. Las paredes estaban pintadas de un rosa suave; se apoyaba en ellas un grueso arcón de estilo vasco-francés, con someros herrajes, y una alta alacena con platillos de loza, floreados. Sólo colgaban dos cuadros, ambos aprisionados en marbetes de un oro ya palidecido –barroco fácil–, algo ostentosos y muy deteriorados por la humedad. Uno de ellos representaba la Sagrada Cena; y era un cromo rico en colorines, con su Cristo de párpados abultados y boquita de fresa. El otro era la imagen de la *amá* del Koro, Virgen bastante guapa, con fama de milagrera entre las jovencitas; pero eso, antes, cuando las muchachas aún creían en milagros. Venancio Areta recordaba esa estampa, y reconoció también la fotografía, ya borrosa, prendida en el lado izquierdo con un lazo oscuro. Aquella foto presentaba a un hombre de unos treinta años, con gruesa barba negra y los ojillos vivaces sobre una nariz levemente aquilina. Era un rostro noble y algo fiero; parecía un navegante o un español de la Conquista. Una cara fácil de guardar en la memoria. Aquel rostro era el de Lázaro Idiáquez, que fue marido de Cecili.

Lázaro Idiáquez había heredado de su familia –mitad vasca, mitad riojana– un carácter altivo y atrabiliario, el gusto por la violencia y el énfasis, y también una irremediable afición por las mujeres. Venancio Areta y Lázaro se habían conocido en Isasondo, durante una pelea de carneros, un día en que tembló la tierra y echó a la gente, en cueros vivos, a la calle. Lázaro había recibido bastante plata de su madre, ricahembra que vivía para sus devociones, y se había hecho construir un caserío sobre una an-

tigua ferrería, con más de diez hectáreas de tierra ondulada y pina, pero buena para el maíz. Se instaló allí con su mujer, tolosana muy bonita y un poco estremecida por el temperamento de Lázaro. Éste ya abrigaba para entonces grandes proyectos de futuro. Aquella tarde, Lázaro Idiáquez había apostado por un carnero de estupenda planta y ojos como diademas. Se llamaba Somorro *y tenía tres victorias en su haber. Venancio Areta apostó doscientos euros por el otro rumiante.*

—Yo no lo haría, amigo —dijo Lázaro, mirando sonriente al recién llegado. Y prosiguió—: Este Somorro *es un asesino. Destrozará a su animal.*

—Veremos —respondió Venancio.

—Venga, no discutamos más. Van otros doscientos por mi carnero. ¿Le parece?

Venancio no dudó un segundo.

—Acepto —dijo.

—Allá usted con su guita. Yo no daría una perra gorda por su bicho.

—Luego me dará la razón.

—Y usted los doscientos del ala...

Venancio se encogió de hombros. La gente gritaba, excitada por el ardor de los carneros.

—¡Acábalo, acábalo; anda con él! —gritaba el otro. Pero el último topetazo dio en tierra con el favorito, que ya no pudo levantarse. Lázaro Idiáquez movió la cabeza con incredulidad y luego miró a su amigo:

—¡Se ha ganado usted la plata! —exclamó—. Nadie lo hubiese dicho.

Venancio Areta no quiso mortificarlo:

—*No ha sido difícil. Su* Somorro *tenía que venirse abajo.*

—*Entiende de ganado, por lo que veo.*

—*Un poco. Ese animal suyo está sobrado de carne. Sólo facha. No se deje engañar por la apariencia.*

—*Pues aprendí la lección. Ahí va la plata. Y para que vea que le agradezco su consejo, le invito a un pote.*

—*Vale, pero es mi ronda. En estas pleitos, como en tantos otros, también entra la suerte.*

—*Hecho. Y me presentaré: me llamo Lázaro Idiáquez. Soy propietario. Los carneros me entretienen, pero no entiendo gran cosa.*

—*Venancio Areta, y estoy de paso en Isasondo.*

—*¿Busca trabajo?*

—*No precisamente. Tengo que ver un caserío en Alzagárate, cerca de Arama. Con tierra algo decente.*

Lázaro Idiáquez hizo un mohín de escepticismo.

—*Gangas no encontrará, pero es cosa de ir mirando.*

Los dos hombres bebieron vino. Dos rondas. Caldo navarro del mismo año, con una suave acidez. El tabernero los miraba con una pizca de curiosidad. Del exterior se iba filtrando un olor a bosta, a estiércol, y las moscardas se inquietaron con la novedad. El dueño se volvió hacia los fondos y gritó en eusquera:

—*¡Aitziñe, ciérrame esa puerta, que se nos mete la caballería!—.*

Aitziñe, joven y algo achinada, se movió con una leve y casi ingenua impudicia. Era el secreto de su atractivo.

29

—¡Jo, aitá! —dijo—, pudo hacerlo usted. ¡No me quedan cosas por acabar, Jeeesús...!

Lázaro Idiáquez no se perdía un gesto de la joven. Juzgó:

—Chavala, lo haces de cine. No todo el mundo sabe cerrar así una puerta.

—¿Y cómo es "así", que yo me entere?

—Pues con esa gracia y ese miramiento. Si yo fuese esa puerta, estaría deseando que viniera alguien como tú para menearme.

La chica se echó a reír. Los dos hombres se miraron franca y maliciosamente.

—¡Ay, ay, ay, Venancio! —dijo Lázaro, comenzando el tuteo—. En este pueblo, un hombre se aburre hasta la muerte. ¡Si por lo menos te encontraras media docena de Aitziñes...! Aquí, las mujeres presumen todas de formalidad.

—Pues te queda el fútbol, la tele y los carneros. Lo digo por animarte.

Lázaro Idiáquez exageraba su abatimiento:

—Los carneros quedan para los artistas como tú. Yo soy muy torpe en estas cosas del ganado. Si no, fíjate en lo rápido que me quitaste los doscientos euros; ni en el frontón...

—Pero tienes un caserío, tierra de labor y vaquería. Una cosa así da mucho trabajo.

—Y me aburre. Para joderlo un poco más, falta mano

de obra, y está uno, casi siempre, a merced de las coopera-
tivas. Es una coña.

—Entonces ¿no sabes qué hacer?

—Óyeme, eso depende del dinero. Con cinco mil al mes
pueden hacerse muchas cosas. O sólo una: descansar y to-
carse mucho las narices. Sin los cuartos, las penas te per-
siguen como lobas. Con lo que tengo yo: yerba, maíz, unos
conejos y la leche de mis cuatro vacas voy muy justo. Es
pelear y hacerte mala sangre para ahorrar una pasta que
no te llegará cuando seas viejo. Y sin horarios, sin fiestas,
pegado a las paredes de una triste cuadra.

—Eres algo pesimista —murmuró Venancio con un ligero malestar, y añadió—: ¿No tienes otras alternativas?

Lázaro Idiáquez apuró el resto de su vino y asintió
despaciosamente con un gesto. Se aproximó a su compañero y bajó la voz.

—Se me ocurre algo, pero yo solo no podría.

—¿Qué te hace falta?.

— Un tipo como tú.

—¿Para poner guita?

—Más bien para sacarla, diría yo.

A Venancio, aquella situación se le aparecía con rasgos
cómicos o irreales. Acababan de conocerse.

—Si me estás ofreciendo algo —dijo—, deja que me entere.

—Escucha, amigo. Me pareces un hombre que ha tenido
instrucción; eso me gusta. Por aquí abundan las malas
bestias, las acémilas, no los hombres. Te voy a confiar algo
—cerró los ojos, tomó aliento—. Cerca de donde vivo, hacia

Gainza y a una hora por el monte, hay una mina abandonada. A su propietario le estaban amenazando un día sí y otro también por no pagar el impuesto; tú ya sabes. La zona aquella, en todo su perímetro, tiene buenas vetas de pizarra; una va muy honda. La descubrió un carbonero de Legorreta que trabajaba de picador, y este fulano vino a visitarme el otro día. Me pidió poco dinero y se lo di; era el pago de la información. Él estuvo más adentro que nadie, con el propio dueño, una semana antes de la fuga. Me confesó que aparecían nuevas vetas, muy anchas y más limpias que las anteriores. Dijo que a su patrón se lo comían los demonios porque ya tenía planeado salir de naja. Una treta del azar. Mi confidente lo contó en el pueblo. Allí no le creyeron: aquella explotación tenía fama de ruinosa. Ahora, este hombre está viejo, acabado, y se pasa el día chiquiteando por ahí. Me aconsejó que no dejara de echar una miradita, pues valía la pena. —Lázaro se arrimó un poco al otro, bajó la voz—. Eres el primero que me escucha esta historia. ¿Te hace la oportunidad?

Venancio miró al hombre sesgadamente. La cosa le parecía algo fantástica, desmesurada.

—No sé mucho de explotaciones pero conozco la pizarra. Trabajé con ella.

—Mucho mejor.

—Habría que ver aquello.

—¿Te gustaría?

—Puede que sí. ¿A cuánto está de este pueblo?

—Por el monte, tres horas. Pero haríamos un alto en

32

mi caserío; me gustará invitarte. Así conoces a Cecili: mi mujer.

—No es mala idea.

—¿Cuándo nos vamos para allá?

—Tú decides. No es mucha la caminata.

—Ahora mismo, entonces. ¿Por qué esperar?

—Vámonos pues.

De este modo curioso se conocieron Venancio y Lázaro; así se embarcaron juntos en su rara aventura. Ya cerca del caserío, notaron un vaivén en la tierra y un rumor sordo, como el de una tormenta subterránea. La cosa duró segundos. Se oyó ladrar a los perros de los otros caseríos, ocultos éstos entre las ondulaciones del paisaje; una vaca mugió. Lázaro parecía estusiasmado y se frotó los dedos —dedos largos, huesudos— hasta que le crujieron los nudillos.

—Yo tuve un abuelo medio brujo —explicó—. Era sanador; aquí los llaman petriquillos. Sabía de hierbas y de tisanas más que médicos y veterinarios. Decía que estos temblores, si caen en día impar y con el cuarto menguante, te arriman la buena suerte. Era un demonio manso, y en estas cosas nunca se equivocaba.

El vizcaíno Joseba Ulacia sirvió la cena. Era ya viejo y bizqueaba con sus ojos acuosos, casi albinos. Fue remontista en las ardorosas canchas de Miami, donde volaba el dólar como los dientes de león. Debió de ser por el noventa, más o menos. Ulacia parecía ahora indiferente ante los intrusos y sólo tenía oídos para la señora, para Cecili.

—Jesús es un hombre bueno que corrió mundo —dijo Cecili, aprovechando que el vejete se alejaba de la olla y el caldo—. Lo tengo en casa como si fuera de la familia.

Venancio no le recordaba. Pensó que había transcurrido mucho tiempo, que padecía mucha desmemoria.

—En todas partes hay buena gente, Cecili. Y en estos tiempos, eso es una bendición.

—Los hombres sois siempre difíciles —murmuró ella.

—Esta fue tierra de paz; luego se hizo violenta. Esta violencia dura hasta hoy.

—Pero ustedes la hacen todavía peor. Nunca habrá paz.

—Antes debe haber justicia.

Cecili dejó caer la cuchara sobre su plato. La porcelana sonó con un ruido agradable.

—¿Y quién nos la asegura? —dijo—. ¿Ustedes?

—Nosotros y los que vengan después —dijo Yosune, interviniendo.

—¿De modo que esto no va a detenerse nunca? —siguió Cecili con una voz notablemente exasperada—: la barbarie... Antes, ahora, luego, ¿qué más da?

—Mientras el mundo gire, habrá gente que quiera remediar injusticias, ponerles coto —dijo

Venancio–. Nosotros somos granos de arena en una maquinaria. Esa máquina no nos gusta y haremos cuanto esté en nuestra mano, en nuestro ánimo, para que pare o reviente.

—¿Y entonces? –preguntó Cecili, bajando un poco la cabeza.

—Habremos cumplido –dijo Venancio.

—¿Cumplido con quién?

—Con nuestra conciencia y con aquellos que se quedaron en el camino... Y han sido muchos.

—Después –prosiguió la anfitriona–, si ustedes y sus amigos consiguen su propósito, harán parecida cosa a lo que éstos, quienes se han inventado una nación, están haciéndoles. Será un pulso inacabable entre vencedores y vencidos. Nada más. Cosas así vienen pasando desde que mi bisabuelo era de pañales, y también antes. Y seguirá sucediendo cuando no seamos todos sino comida de gusanos. No veo solución.

—La hay.

—La habría, acaso, si todos ustedes dejasen estas cosas tal como están.

El Cabrero, silencioso hasta ese instante, se dejó oír:

—Ni muerto –dijo.

Venancio Areta sintió una nueva admiración por aquella mujer. En otro tiempo creyó haberse enamorado. Ahora, todo aquello no eran más que recuerdos ruinosos y la certidumbre de no poder empezar de nuevo.

—Cecili —dijo el hombre apaciblemente—, tú has sufrido, y yo he pensado en eso muchas veces: en tu dolor. Ocurre que nada pude remediar. Pero el comando es diferente. Vivir en este caserío durante años, y como presa en él, es ignorar bastantes cosas. Nosotros dimos más vueltas. Hemos padecido lo suficiente para entenderlo mejor y hasta para creer, a cierra ojos, en lo que te parece una entelequia. Nos golpeó fuerte la vida. Tu marido, Cecili, iba a comprenderlo.

El gesto de la mujer se relajó al instante. Miró hacia el fondo de la sala, donde la luz de dos bombillas se inventaba grandes sombras oscuras que parecieran agitarse. Sonaba el agua en todos los rincones, asediando la casa con su vigor. Anochecía en el campo.

—Lázaro sólo tuvo mala suerte —dijo la mujer—. Fue una desgracia.

Koldo miró a su madre. Necesitaba decir algo; la presencia de aquellos tres extraños le excitaba, le desasosegaba. Venían ellos de un mundo ajeno a él, un mundo con otras dimensiones, otras medidas y otras reglas. Koldo se sintió mohíno. El caserío había representado hasta entonces su prisión; celda segura, pero que le aprisionaba de manera dolorosa. Y él tenía diecinueve años. Diecinueve años entre recuerdos de ranciedad, comiendo lo que sacaba de la tierra, salvo algún capricho tonto que se subía del pueblo, cuidando del ganado como un siervo, atendiendo a las exasperantes aves de corral –el perrillo pastor como único confidente– y soñando con ciudades, con mujeres, abandonada la ikastola y los estudios, siempre con miedo a que le señalaran en el pueblo como "ese tipo tan raro que no acude al *batzoki*".

–Quizás tengan razón, *amá*, –dijo cautelosamente–, esta situación sólo trajo provecho y beneficios para unos pocos.

Cecili le reciminó:

¡Qué sabrás tú, guishajo; la vida ha de enseñarte...!

Koldo sintió un pequeño arrebol subirle al rostro. Su madre le miraba con dulzura hosca, como si él necesitara todavía de su consejo, de su protección.

–Poco me enseñará si usted me encierra aquí para siempre –dijo el muchacho, intentando controlar su rabia.

–Todo se andará, hijo. No tengas prisa. Por lo pronto, no estarás peor que estos amigos.

Venancio rompió a reír. Con la ropa seca y el caldo, se le había pasado la tembladera. Ahora le divertía la disputa entre madre e hijo.

–En eso llevas razón, Cecili –admitió–. Nadie

nos puede envidiar. Vamos apaleados como perros, huidos y llenos de miseria. Tenemos cansancio, rabia y un miedo que no podemos disimular. Haces muy bien en señalárselo al muchacho.

—Es por su bien.

—Seguro.

Llegó Joseba Ulacia con unos huevos fritos y patata del tiempo: raciones generosas. Trajo también queso de oveja y unas latas redondas, con etiquetas en vascuence, que dejó en el centro de la mesa.

—Cerveza negra —dijo Cecili—. Pensé que les gustaría.

Venancio repartió los botes. Yosune Icíar rechazó el suyo lentamente. No le gustaba esa bebida. La anfitriona se decepcionó un poco.

—Supuse que le agradaría la cerveza —explicó—. En estas circunstancias...

Yosune se olvidó por un momento de su cansancio y de la quemadura.

—No se moleste —suspiró—. Bien mirado, me animará. Es usted una buena huéspeda.

Sólo regular. Pero la cerveza sí que es buena. La destilan en Gasteiz.

El Cabrero, silencioso hasta entonces, comentó con socarronería:

—Pues no debiéramos beberla, jefe. Es cosa del enemigo.

—Esto es una tregua, hombre —dijo Venancio, sonriendo—. Y si está buena, se lo perdonamos. Yosune se echó a reír, y también Koldo. El chico parecía interesado en la joven. Ella se dio cuenta y se sintió halagada.

—Me recuerdas a un amigo que yo tuve en Hernani —le dijo a Koldo—. Los ojos, la sonrisa e incluso el tono de la voz. Es sorprendente.

Koldo se sintió audaz y se arriesgó:

—¿Era tu novio.., tal vez?

—Era un alumno mío, más joven que tú. Y fue en un tiempo que no deseo recordar.

Venancio se dirigió al chico, explicándolo.

—Aquí donde la ves, Yosune fue maestra de escuela, y aplicada. Te podría hablar de las guerras carlistas, es un decir, como lo hubiera hecho el mejor catedrático.

Yosune se irguió en su asiento. A Koldo se le veía pendiente de sus palabras.

—Yo viví en San Sebastián —dijo ella en voz baja—. Tuve un sueldo aceptable, y me pretendía un hombre honrado. Contaba con mi trabajo y con alguien que me podía proteger. Luego, cambió la suerte y él murió...

Pensó Yosune que era improcedente contar aquella historia en un lugar así y ante desconocidos. Pero algo la empujaba a hacerlo. Se maldijo por su torpeza.

—Mejor decir que lo mataron —dijo Venancio

con un ligero énfasis que sonaba cruel—. Era concejal en un ayuntamiento... A Yosune la hicieron trizas con aquello. Después se vino con nosotros, tras la Independencia. Es una buena chica y más valiente que muchos hombres. No debería comentarlo estando ella delante, pero quiero que lo sepáis.

Venancio Areta puso su mano en el brazo izquierdo de la chica. Fue un gesto afectuoso. Yosune apretó los dientes y sintió que le escocían los ojos.

Dedos minúsculos la hurgaban en el estómago y tiraban de él. "La cerveza negra", se dijo. Pero supo, al momento, que estaba tratando de engañarse.

Yosune Icíar volvió otra vez hasta aquella tarde agosteña; tarde azul y templada, con los pájaros del verano entre las hojas movedizas; entrábase la luz como una lluvia por las ventanas de la ikastola. Los niños repasaban la Geografía. En la pizarra, con tiza blanca y roja, se dibujaban las cresterías del Duranguesado y de Aralar, y, en azul, los ríos que desembocaban en el Cantábrico: Nervión, Deva, Oria, Bidasoa. Los niños pasaban las páginas del atlas con sus manos sebosas y tibias; dedos manchados de tinta de bolígrafo, grafito y plastilina. Las voces de los niños, que eran seis, se alzaban en un murmullo desigual, ya un poco más animadas por la proxi-

midad del recreo. Entonces se abrió la puerta del aula y entró Guadalupe, una morena de cara ancha y caderas con amplitudes oceánicas. Hacía las veces de portera y se encargaba de la limpieza de la ikastola. Venía alborotada, y las palabras le salían a borbotones entre pequeños ahogos que mermaban su voz.

—¡Ay, señorita Yosune, qué disgusto! Figúrese lo que dice la gente por ahí, ahora mismo, en la calle... Pues que han descubierto a un grupo de encapuchados, de esos que queman coches y hacen estallar las bombonas de butano... Han pedido ayuda a los ertzainas, les han pedido que vengan rápido.

Tienen rodeado el Ayuntamiento y van tras los muchachos que allí están. Por allí andará su amigo Gorka. Yo no quise creerlo, pero lo aseguraban... Y vine corriendo a decírselo, señorita... Imagínese a esa gente, de lo que es capaz...

Guadalupe, pese a su amplio continente, estaba muy afligida. Le temblaban los labios y jadeaba por la excitación. No pudo reparar en la súbita palidez de Yosune, que escuchaba la noticia, atónita.

—¿Cómo?

—¿Se da usted cuenta, niña, se da cuenta...?

Yosune Icíar sintió como si le vaciasen el cerebro, como si se lo rebañaran para dejárselo mondo. Se apoyó en el pupitre y el pensamiento de los niños se extinguió en ella como si no existiesen. Sólo una idea permaneció intacta y adquirió rápidamente una deslumbradora dimensión:

41

"Gorka está dentro. Está dentro". O sea, con los otros munícipes, en el caserón que presidía la mayor plaza del pueblo, apenas a trescientos metros de donde ella estaba... Y es que Yosune no ignoraba las opiniones de Gorka, sus ideas sobre la situación, sus criterios radicales sobre la libertad, la violencia, el fanatismo de los pueblos y la estulticia y cobardía de tanta gente. ¡Y aquellas cóleras repentinas que brotaban en él ante la noticia de un atentado, de un secuestro o de las mentiras con que la Prensa idiotizaba a las gentes para volverlas fieles a una ideología! Él en reuniones de las que nunca se hablaba y donde ellos, gentes como el propio Gorka, constituían la parte débil, la parte amenazada y menospreciada.

Yosune pensó que debía haberse preocupado mucho antes, e incluso haber tomado algunas determinaciones. Se mordió los labios para no gritar y notó el gusto dulce y espeso de su sangre en el amargo cielo de la boca. Con rapidez, encomendó a Guadalupe que atendiera a los niños y salió precipitadamente.

Corrió hacia el Ayuntamiento. Los tacones la molestaban y sentía en las sienes una calor desconocido, como si una nueva arteria trepase por su cráneo y lo oprimiese. Un nudo de pez sujetaba su pecho y la impedía respirar. Cuando llegó cerca del caserón, unos treinta hombres acordonaban el edificio. Llevaban un verdugo sobre el rostro, pasamontañas y varias banderas bicrucíferas. Nada se sabía de las fuerzas del orden. Dentro de la casa no se advertía movimiento alguno. Después se alzó desde la calle una voz que el amplificador aumentaba con su embudo.

—Os damos un minuto para salir —dijo la voz, en vascuence—. Si no, entraremos todos.

Se espesaba el silencio. Una mujer se dirigió a Yosune. Trataba de informar a la muchacha.

—No tienen escapatoria —dijo—. Por detrás no hay salida, y no se ven las furgonetas de los beltzas.

Pasó el minuto y los hombres entraron. A Gorka y al secretario del alcalde los dejaron malheridos. Los dieron con mástiles de bandera, los golpearon en la sien. Media corporación municipal resultó agredida, vejada, pisoteada. El tipo del micrófono salió al balcón y dijo:

—Éstos nos echaron de la corporación, y nosotros, ahora, ¡pues los echamos a ellos! Son genocidas, lacayos de Madrid. Pero tienen los días contados; nuestro objetivo se va cumpliendo. ¡Gora Euzkadi!

Volvieron a salir. Detrás se distinguían varias personas arrastrándose.

Yosune creyó ver la silueta de Gorka, apoyado en dos hombres que tropezaban al andar. Quedó petrificada; aquella imagen de Gorka copado en el interior del edificio la golpeaba en el cerebro, la consumía cual antorcha. Al poco, una patrulla de la policía oficial, en un coche semiblindado, apareció por una esquina; nueve hombres, con sus "monos" negros y el casco rojo, se apearon de él e intentaron poner orden en el desaguisado. Pero los autores del atropello ya se habían esparcido por la villa, ganándose el anonimato. Yosune Icíar vio a Gorka tendido sobre la calle, con el largo pelo alborotado y las manos enrojecidas. Con la boca entreabierta, el muchacho hablaba trabajosamente; los cuajos de sangre oscura que le brotaban por dentro ahogaron sus palabras. Yosune Icíar le sujetó el rostro con las manos y pudo ver unas pupilas dilatadas por el dolor y la derrota: ojos fijos en la muchacha, asiéndose a ella. La joven no podía pensar. Los pensamientos eran demasiado densos, demasiado inútiles. Sintió Yosune como si se derrumbase el universo, y algo parecido a una mordedura hizo presa en su espalda. Pensó en que aquello era el fin y se alegró de que así fuera. Gorka murió cinco días después por la paliza y las infecciones, con varios órganos disueltos por los golpes recibidos. Su novia, Yosune Icíar, fue dada de alta dos días después, con una marca de cutter en la espalda que, a pesar de los injertos, la acompañaría de por vida para no dejarla olvidar nunca.

—Termíneme la tortilla —dijo Cecili, dirigiéndose a la muchacha—. No me la desprecie, que buena falta le está haciendo.

—Gracias, pero me vale...

A Yosune Icíar el recuerdo le había quitado el apetito. No podía pasar ni una triste miga. Venancio la aconsejó:

—Chica, debes alimentarte. Cecili lleva razón; tienes que cobrar fuerzas.

—Comí lo suficiente; la caminata me mudó el ansia.

Venancio contempló su cubierto. Relucía. Le dio la vuelta.

—Hay más camino por delante —dijo

—Lo sé —respondió la joven—; todo se hará.

Cecili reparó en el Cabrero. Rebañaba su plato.

La anfitriona volvió a invitarle:

—Sírvase un poco más, si ése es su gusto. Me gusta verle comer.

El Cabrero no se lo hizo repetir.

—Se agradece —dijo, los ojos en el plato.

Venancio apuró el resto de cerveza negra. Se sentía más entonado, pero no ignoraba que, con perruna tenacidad, iba a volver la tembladera, el dolor de la rótula, el cansancio y el miedo, y que aquella sensación de bienestar era solamente un espejismo.

—Todavía no me dijiste, Cecili, cómo te van las cosas. Ha pasado mucho tiempo desde que fuimos socios —precisó.

La mujer, silenciosamente, retiró la loza de la mesa. Parecía que volver atrás le costaba un esfuerzo físico. Se dibujaron unas arrugas en su frente y su voz sonó con distinto matiz:

—Tú y yo, Venancio, no llegamos a negociar; eso fue cosa de Lázaro. Los hombres os entendéis mejor entre vosotros.

—Eso depende. Tú siempre fuiste buena consejera para él.

—No me hacía demasiado caso.

—Te confundes, Cecili. Tu marido te estimaba en lo que vales..., que es mucho.

La mujer hizo un mohín. Ladeó la cabeza.

—Dejemos eso —dijo—. ¿Quieres?

—No se hable más.

Pensó Cecili que se comportaba ante Venancio con una cierta adustez.

Verdaderamente, sentía violencia ante aquel hombre que la hacía regresar hasta un pasado doloroso. Por otro lado, la idea de que pudiesen presentarse los *beltzas* la aterraba. ¡En mala hora llamaron a su puerta! Se hizo un silencio lleno de tensión; Cecili no sabía cómo romperlo.

—Si se interesa usted por nuestra situación —intervino Koldo con voz firme—, es fácil darle gusto. —Y como si quisiera hacerse daño, añadió—: Estamos casi arruinados. Las cosas han ido así.

Venancio lo miró. El chico le recordaba a Lázaro Idiáquez. Era una impresión dulciamarga.

—No me fijé en el caserío; el chubasco lo borraba todo —dijo—. Pero la tierra es buena: la conozco.

—Eso dicen por ahí —atajó Cecili.

—¿Y no es verdad?

—A medias. Se nos da regular el maíz, las judías y alguna que otra calabaza. También lo intentamos con el ganado.

—¿No les fue bien? —preguntó Yosune.

—La culpa no es de la tierra —apuntó Koldo—. Faltan los brazos.

Cecili no quería disculparse. Las cosas eran así.

—Hemos vivido tiempos muy duros —dijo—. Cuando te fuiste —y miró a Venancio— hubo sequías repetidas. La gente del caserío se bajó a los pueblos, a las industrias. Los tres últimos años, para acabar de desesperarnos, agua y más agua. Y el aislamiento...

—Fue mala suerte.

—Fue la Providencia. Para ella, como tú sabes, esto es un juego.

Venancio miró a Cecili. Fue una mirada sostenida. Aquel chispazo que antaño descubriera en sus ojos había desaparecido.

—Pero el caserío, bien trabajado, podría resultar rentable. O soportable, al menos.

Koldo afirmó con la cabeza. Vio como Yosune le observaba atentamente. Le dio un poco de vergüenza confesar sus desventuras.

—Había otra cosa —prosiguió el chico—: lo principal.

Cecili miró a su hijo con aprensión.

—Madre estaba pasando días muy malos —prosiguió el joven—. No se encontraba bien. Usted, Venancio, ya sabe lo de mi padre. Yo entonces era muy niño y no sabía lo que pasaba.

—Lázaro les dejó dinero. Eso pudo ayudar.

—Fue menos de los esperado —atajó Cecili—. Tú debías saberlo.

—Él llevaba las cuentas. Nunca desconfié. Tu marido era hombre de palabra.

—No fueron muchas pesetas, y había que pagar a los trabajadores de la mina. El primer año perdimos mucho.

—Ya entiendo.

—Y luego —prosiguió ella—, la gente que trabajaba con nosotros, en la huerta, se fue marchando a los pueblos grandes, donde el dinero se ganaba sin apretarse tanto los riñones.

—La vida del caserío es sacrificada —dijo Venancio, y supo que el aserto era una obviedad—. La gente prefiere el pueblo o la metrópoli.

—Nos quedamos solos —atajó Koldo con una rabia contenida—. Yo también me hubiera marchado...

Cecili miró a su hijo y éste bajó los ojos. Yosune sintió afecto por aquellas personas.

—Sin duda, tu puesto estaba aquí —dijo la muchacha dirigiéndose a Koldo—. Hiciste bien en quedarte.

Koldo se miró los nudillos. Hizo una pausa antes de contestar.

–Yo era muy joven –dijo–. Ahora es diferente. Cecili palideció y todos lo advirtieron. Koldo bajó los párpados.

–Compramos alguna res –explicó la anfitriona–. Y unos cerditos, y gallinas... No resultó: nos deslomábamos. Vendimos todo menos las aves de corral.

–Tampoco les sonrió la suerte –dijo Yosune.

–Tampoco; pero ya nos fuimos acostumbrando.

Venancio Areta supo del orgullo que aún guardaba la mujer dentro de sí. Quizá era su tesoro. El hombre reparó en las ojeras azuladas, en cabellos ya un poco encanecidos. Sus ojos seguían siendo grandes, serenos y el rictus de la boca aparecía un poco amargo, con una leve sombra de crueldad que la volvía curiosamente deseable. Era Cecili una mujer golpeada, y Venancio Areta se extrañó de haberla casi olvidado durante todos aquellos años... Alguna vez se le apareció en los sueños: pocas veces. Fragmentariamente recordó que la había soñado joven y montada a caballo, bajo un cielo oscuro, y con Lázaro Idiáquez –ya muerto– pero llamándola todavía desde el caserío. (Once años atrás hubiera sido de otra manera; entonces solía soñarla reclinada en sus brazos, palpando ella la nuca varonil con dedos fríos, o en el lecho, o en alguna ciudad que siem-

pre le remitía al sur.) Todo aquello le llegaba
ahora repentinamente, con la mujer frente a él,
intentando ella parecer segura de sí misma, muy
asustada –por supuesto– y casi con horror a que
él entreviese sus aprensiones. Fuera sonaba el
aguacero con fuerza apenas contenida, y sólo se
oían en la casa los pasos de Joseba, taciturno, y
el rumor de las desagües colmatados.

*Venancio recordó que su amigo y socio le había hecho
la advertencia. El día anterior estuvieron en el caserío,
comiendo abundantemente, y todo el mundo se había mos-
trado locuaz y muy animoso. (Era bien cierto que la idea
de celebrar la buena marcha de la mina con una especie
de banquete le había tentado a Venancio desde un principio. Por añadidura, él tendría ocasión de contemplar a
Cecili y charlar con ella.) A la postre, la fiesta resultó un
éxito, y a la caída de la tarde llegaron los músicos desde
Tolosa: un buen conjunto que hacía música de verdad y
cantaba con gusto y sin estrépitos. Lázaro Idiáquez invitó
a varias personas. Estuvieron presentes el capataz de la
mina y un obrero de confianza; los dos, con sus mujeres.
Y con ellos, amigos de Isasondo y Legorreta que por entonces empezaban a interesarse en el negocio de la pizarra.
Bailó Venancio con Cecili y hablaron de cosas intras-
cendentes. Lázaro los miraba regocijado, haciendo comen-
tarios sobre la pareja. Aquel día, Cecili se mostraba más
alegre; su reserva habitual parecía deshacerse ante aquel*

clima risueño y acogedor. La frialdad de la mujer se evaporaba entre los brindis con auténtico champán francés, las ocurrencias picantes de los hombres y los compases de la orquestina. Venancio Areta estuvo a pique de enamorarse aquel mismo día, pero la reserva de Cecili era notoria y el respeto que él le debía a Lázaro lo frenaba. Fue una hermosa fiesta y, cuando Venancio y los demás se marchaban dando los cumplidos pertinentes, Cecili les rogó que volvieran con más asiduidad, y Venancio creyó descubrir en ella una esperanza de que así fuese. Y no pudo menos de envidiar al hombre que poseía algo por lo que a él le hubiera gustado combatir, aquel Lázaro Idiáquez cordial, despreocupado y soñador inmarcesible.

Por eso se sorprendió de las palabras de Lázaro, al día siguiente. Y no supo responder, como si su socio le hubiera descubierto.

—¿Sabes una cosa? —dijo éste—, pues que te apañas para bailar. Eres un artista.

—Nunca fui bailón, Lázaro. Ni de joven.

—El caso es que yo te hacía más torpe.

—Era Cecili quien lo bordaba. Las mujeres son listas en todo eso.

—¡Ay, no me mientes a Cecili! —exclamó Lázaro—. Ella es ligera como una pluma. ¡Qué mujer, amigo! ¡Y qué bonita estaba ayer, verdad?

—Cierto. Muy bonita.

Lázaro Idiáquez se reía. Estaban solos y a la altura de la galería principal; la luz difusa que entraba por el pozo alcanzaba a iluminar los rostros recios y su sonrisa.

Lázaro apoyó el índice en el pecho de su compañero y dijo:

—Me gustó que ayer te divirtieras. Me gustó mucho. Y la alegría de los demás... Pero quiero advertirte de una cosa, amigo. Lo diré muy claro porque no pienso repetirlo; así que presta oídos. Tú eres muy hombre, y yo confío en ti y te hice mi socio. Eres trabajador y de palabra. Hasta aquí, todo bien. Pero he notado que te gusta un poco mi Cecili; me di cuenta... Y no es que me parezca malo, no: son cosas naturales. Cecili es una chica bien guapa y con carácter, y aquí no sobran, que yo sepa, esa clase de mujeres... ¿Me estás siguiendo?

Venancio Areta asintió. Aquello era lo inesperado. Tragó saliva. Lázaro parecía divertido, y el otro pudo apreciar el gesto amable de su cara, la sonrisa de férreos dientes.

—En eso estamos —siguió Lázaro—. Pues como te decía, me parece normal. Sólo hay una pequeña cosa... Mientras no pases de ahí, será perfecto; todo marchará muy fácil. Pero si te sales, socio, si me intentas engañar, si le faltas lo más mínimo a Cecili y yo me entero..., te saco los ojos, te vuelo la cabeza. Te lo juro por lo que más haya de sagrado. Así, mismamente.

Lázaro Idiáquez hizo un expresivo ademán con la mano, como si el canto de su diestra fuese una navaja. Luego, se echó a reír estrepitosamente y palmeó el hombro de Venancio.

—¡Ay, ay, ay, compadre, pero que guerra es esta vida!

Siempre picoteándonos como en una gallera, embistiéndonos los unos a los otros como sucede con los carneros. No hay solución... ¡Me consuelo pensando que encontré en ti a un colega legal!

Rieron los dos, pero a Venancio le costó su esfuerzo. Y nunca más volvieron ambos a charlar sobre aquel asunto. Venancio Areta quedó advertido desde aquel día. Entonces, los negocios marchaban bien. Se había comprobado que la pizarra era ancha y grasienta; las lajas, amplias, y el geólogo les aseguró que Burumendi podía ser una explotación francamente rentable. Todo prometía un futuro halagüeño. Pero, desde aquel día de la advertencia, Venancio se sintió incómodo, desasosegado; algo molesto se había metido dentro de él, y no era miedo, ni envidia, ni siquiera frustración. Era como si intuyese, de manera vaga e imprecisa, que todo aquello acabaría de una manera desastrosa. ¿Simple intuición? A medida que iba saliendo la pizarra, Lázaro Idiáquez se iba mostrando más entusiasta. Había ordenado construir un barracón para los seis peones, y dos lavaderos de material, éstos muy costosos. Venancio y Lázaro iban a medias en los beneficios y no surgieron altercados. Venancio se preocupaba del personal y sus trabajos, y su socio le llevaba la parte administrativa. Llegaron a tener hasta quince hombres trabajando en Burumendi. Entre ellos, un geólogo de Madrid y dos capataces —de Mauleón y Donibane— vascofranceses muy corridos en aquel negocio de la pizarra. Venancio Areta dormía en el mismo barracón, y los sábados descendía *hasta Isasondo o Tolosa para detenerse algún tiempo en el caserío y pasar el mayor tiempo posible con Cecili y el chaval, éste muy niño.*

Koldo era, por entonces, un crío inquieto y avispado, y, a veces, Lázaro bajaba con el chico y con Venancio hasta los pueblos y pasaban los tres el día juntos, comiendo en buenos restoranes, tomando copas los adultos y charlando de fútbol y del Athletic, equipo este que, por entonces, hacía las delicias de padre e hijo. Por aquella época, los dos hombres habían conseguido reunir un buen talego, si bien la mina necesitaba de continuas inversiones. Lázaro se compró en Bilbao un Cherokee 4x4, pero se hablaba en los corrillos aldeanos de algunas deslealtades para con su mujer. ¿Habladurías, dizques? Su socio veía a aquél un poco despegado del caserío, un mucho ajeno a Cecili. Estaba obsesionado con la idea de comprar nueva maquinaria, harto costosa, para ir tajando el monte, y en buscar un medio más económico para trasladar las lajas de pizarra hasta el ferrocarril. Venancio se sentía a disgusto ante el optimismo de su compañero y albergaba serias dudas sobre la rentabilidad futura de la explotación. Lázaro no quería oírle; la cautela de su socio le llegaba a molestar. Por entonces —las desgracias nunca vienen solas— llegó la carta.

Venancio vio llegar a su socio desde el pequeño cobertizo que hacía las veces de oficina. Le sorprendió el semblante demudado, el rictus de la boca y una evidente chispa aviesa en los ojos. El hombre se sentó frente a Venancio, exten-

diendo un papel sobre la mesa de trabajo, mesa donde se apilaban facturas, letras y diversas documentaciones a una lado de la máquina de escribir.

—¡Para colmo, esto! —dijo Lázaro como mordiendo las tres palabras.

Venancio reparó en la carta. Sin cabecera, firma o dirección, sólo podía sospecharse su procedencia por el matasellos que la remataba, redondo, con unas siglas que resultaban familiares.

—¡Ostras! —exclamó. Y se quedó mirando el papel, los caracteres de imprenta, las eñes sin sombrerito, la tinta extrañamente azul, el dibujo que, sobre el folio, hacían los párrafos. Decía la carta:

"Señor:

Le suponemos sabedor de las dificultades que atraviesa nuestro Pueblo, Euskal Herría: una nación oprimida y sin los derechos y recursos que debieran ampararla. Necesitamos de su colaboración y hemos decidido fijar una cantidad que juzgamos está a su alcance, importe que nos remitirá, fraccionado, en la fecha y lugar que posteriormente detallaremos."

Al año y pico de comenzada la explotación de la mina de Burumendi, el material flojeó. Hasta entonces, la pizarra había sido extraída con muy poco residuo y afloraba de tal modo a la roca, que casi podía arrancarse con las uñas. Pero todo cambió. Empezaron a surgir plomos y piritas en cantidades inconvenientes. Consultado el geó-

55

logo, éste aconsejó abandonar la pared sobre la que se estaba trabajando y realizar nuevas prospecciones. La antigua veta se ramificaba, perdía brillo y, a trechos, desaparecía como si la absorbiese la misma roca. Se hizo un estudio de la loma y, con el fin de analizar las muestras de piedra y tierras, se escarbó en puntos diferentes. Los estratos demostraron que no había pizarra o, si la había, estaba tan profunda y escondida, que era poco menos que imposible su extracción. Lázaro Idiáquez empezaba a sentirse incómodo y se dolía de la compra del nuevo material. De la carta y sus consecuencias no hablaba nunca. En vista de los resultados negativos, se volvió a la veta primitiva con la esperanza rabiosa que se pone en los milagros. Así, cuando empezó diciembre, la mitad de los peones se despidió; paraecíales a todos que la explotación había sido un espejismo. Lázaro, sin embargo, permaneció muchas horas bajo tierra, empeñado con terquedad en seguir con los trabajos, frotando zonas de roca como si éstas fueran lámparas de Aladino o talismanes, con la lábil esperanza de encontrar nuevas vetas que surgiesen ante sus ojos de una manera tan repentina como esplendorosa. Seguía lloviendo torrencialmente, iban cegándose los caminos y el geólogo aconsejó suspender las excavaciones. Se mostraba desilusionado y advirtió a los propietarios del peligro que supondría proseguir arañando en una tierra tan mojada y propicia a los derrumbes. Después buscó un pretexto y se marchó definitivamente.

Venancio Areta intentó razonar con su socio; fue inú-

til. Lázaro Idiáquez se resistía a admitir la cruda reali-
dad, y él mismo se habituó a descender hasta los pozos.
Cogía el pico de minero y se ponía a trabajar ansiosa-
mente, como si el éxito de un nuevo hallazgo dependiese
de su voluntad.

—Socio, hoy he encontrado algo nuevo —le dijo un día a
Venancio, mostrándole un taruguito de tierra.

A Venancio no le costó reconocer el material.

—Plata —dijo.

A Lázaro le temblaban las manos. Susurró:

—Muy abajo hay una veta estrecha, pero larga. La des-
cubrí yo. ¿Te das cuenta?

Venancio no quería desilusionar a su compañero.

—Suele ocurrir —explicó—. La plata no es tan rara;
aparece donde menos se piensa, con azufre y con antimo-
nio. Pero lo más probable es que sea un fuego fatuo.

—¿Fuego fatuo? —exclamó Lázaro, amoscándose.

—Está claro que nuestra mina no es Potosí —agregó
Venancio, maldiciéndose, mal de su grado, por su pesi-
mismo—. Poco plata hay en Euskal Herría. Nunca la
hubo, y eso ya lo aprendieron los romanos. El que apa-
rezca de una manera ocasional no debe engañarte.

Lázaro se revolvió, furioso.

—De carneros sí que sabrás —dijo casi en un grito—,
pero de minería no tienes ni zorra idea.

—Alguna. De algo sirven los libros.

Lázaro Idiáquez golpeó el suelo con los dos pies: la tie-
rra apisonada. A Venancio le pareció un chiquillo.

—*Y yo te digo que aquí hay plata* —*siguió el otro*—. *Muy profunda está, pero la hay, y yo voy a intentar sacarla* —*cruzó los índices sobre una boca prieta y ansiosa*—. *Por éstas... —dijo.*

Al poco ocurrió lo predecible. Media pared de roca se vino abajo, roída por las lluvias, blanda por una arcilla lixiviada, y sorprendió a los peones y al propio Lázaro, que se encontraba en el extremo de la galería. Uno de los hombres pudo alcanzar la bocamina, pero el otro peón y Lázaro quedaron atrapados, sumergidos en aquel negro torrente de piedra y lodos. Al anochecer del mismo día pudieron extraerlos. Lázaro estaba castigado; y el otro hombre, muerto. Poco después, y mientras se preparaba el traslado urgente de los heridos, se oyó un rumor grande y sordo, como de tierra precipitándose, y lo que aún quedaba de la explotación se vino abajo en un momento. Media loma se deshizo como bloque de mantequilla. Dos bulldozer seminuevos, adquiridos unas semanas antes, volcaron enterrándose.

Lázaro Idiáquez se quedó en el caserío, ayudado por la afanosa solicitud de Cecili. Venancio volvió a la mina; tenía idea de salvar lo poco de valor que les quedase. Además, estaba el trámite doloroso del obrero muerto. Un médico, en su Land-Rover, llegó a la noche, alertado con mucha urgencia por Cecili. El médico era ya viejo y había contemplado en la construcción multitud de casos semejantes. Cuando terminó de reconocer a Lázaro, su rostro no presagiaba nada bueno. Después, en un aparte, trató de suavizar su pesimismo y el diagnóstico.

—*Está muy malherido, señora —murmuró—; créame que lo siento. Es imprescindible trasladarlo, a no tardar, a un centro hospitalario.*

—*¿Cuál es el más cercano? —preguntó Cecili, añusgándose.*

—*El policlínico de San Sebastián....; pero yo lo llevaría a Cruces. El problema está en el traslado.*

Cecili estaba del color del papel, pero se mantenía firme. Koldo se acurrucaba junto a sus piernas con ese miedo de los niños ante lo desconocido.

—*¿Las ambulancias? —dijo la mujer.*

El médico miró los ojos de Cecili. Suspiró.

—*Le repito que está muy grave —dijo—. Tiene tres costillas rotas que le presionan los pulmones, la pelvis fracturada y politraumatismo. Son lesiones malas. Por otro lado, no podemos confiar en que, por estas trochas y con el agua que está cayendo, las ambulancias lleguen antes de un par de horas, cuatro a lo sumo —el hombre miraba de través por no enfrentarse con los ojos de ella—. No queda otro remedio que confiar en su fortaleza y en que no se presenten complicaciones. Su salud no está ya en mis manos.*

Tras irse el doctor, Lázaro Idiáquez recobró el conocimiento. En el cerrillo había rolado el aire, disipando las espesas nubes de tormenta. Algún gallo, en su centinela, estiraba su largo cuello, retador, desvelado. El herido reparó primeramente en Cecili. Ella estaba recostada en la cama, los ojos secos y ardorosos por la necesidad urgente de las lágrimas.

—Me siento muy raro —le susurró a la mujer, y luego—: Debes perdonarme muchas cosas...

Dos peones de confianza estaban en la sala contigua. Llegaron por si podían ayudar, pero era inútil. Sus pasos resonaban en la tarima.

—Diles a todos que se vayan —pidió Lázaro a su mujer—. Que nos dejen solos el tiempo que nos queda.

Cecili lo hizo así y el caserío quedó en silencio. Lázaro le pidió a ella que lo ayudara a ponerse en pie y llegar hasta la ventana. La mujer se opuso en un principio, pero, ante su insistencia, no tuvo más alternativa que ceder a su deseo. Lázaro corrió las cortinillas y abrió con una mano vacilante las dos hojas que sostenían unos cristales empañados. En la noche, por el cuarto de Luna, pasaban nubes disueltas. Se oyó un mochuelo hacia el sur.

—Ahora me siento mucho mejor —dijo Venancio. Cecili le acercó una silla.

Se abarcaba desde allí una buena parte de las tierras del caserío. Olía la tierra a la lluvia reciente, y la sombra de los castaños daba una notoria sensación de amparo. Lázaro sujetaba las manos de Cecili, reteniendo dulzuras acopiando calor. De vez en cuando padecía leves accesos de una tos que le obligaba a cerrar los ojos. Así fueron pasando los minutos... Lázaro Idiáquez murió al entrarse el alba, cuando el horizonte relucía como frotado con una esponja y los luceros bajos iban desluciendo su fulgor. Su gesto último aparentaba placidez y la nobleza dura de la muerte.

Acabaron de cenar y Joseba Ulacia se apresuró a retirar los platos y los cubiertos. A Cecili le ardía una pregunta en la garganta.

—Hasta ahora hemos hablado de nosotros; poco de ustedes —dijo—. Me gustaría conocer sus planes. Tú, Venancio, me los podrás contar.

—Dependen de ti, en cierto modo.

—¿De mí? No lo comprendo.

—Dependen de tu hospitalidad. Por nuestro gusto, partiríamos mañana mismo, pero sería arriesgarnos inútilmente. Estamos muy fatigados y nos queda lo más duro del camino. Con este aguacero que no cesa, todavía es peor.

—Pensé que tendrían prisa.

—Y la tenemos; la Ertzaintza está sobre nuestro rastro. La idea es cruzar la muga con Navarra. Unas seis horas, marchando con precaución y haciendo altos. Una vez en la frontera, será fácil atravesarla.

Yosune intervino esta vez. Mientras hablaba, sus ojos iban de Cecili a Koldo.

—Comprendemos que se inquieten ustedes, pero intentamos parar aquí lo imprescindible. Con la lluvia, las sendejas de monte están casi intransitables. Los abandonaremos en cuanto escampe.

—Este chubasco puede durar dos o tres días —aventuró Cecili con voz nerviosa,

—¡Madre, por Dios! —atajó Koldo—. Parece que los estamos despidiendo. Hazte cargo de su problema...

La mujer contestó airadamente:

—Ese problema de que me hablas es sólo suyo; nosotros no intervenimos. Nada tenemos que ver con la policía.

Las últimas palabras las dijo casi gritando. Yosune bajó los ojos. No se sentía con fuerzas ni razones para discutir con la mujer.

—¡Ustedes se quedarán todo el tiempo que precisen! —exclamó Koldo, enfrentándose con su madre—. No son *txakurras*; no vamos a echarlos a la calle.

Cecili y Venancio cruzaron una mirada. El chico mantenía su actitud desafiante. Cecili reparó en la defensa del muchacho y la asoció de inmediato con Yosune Icíar.

—Koldo —dijo en voz baja—, eres mayor de edad. Puedes juzgarme a tu capricho y antojo; pero no voy a discutir contigo.

—Tan pronto estemos descansados, nos iremos, Cecili —dijo Venancio—. No queremos perjudicarte. Ya has hecho lo suficiente por nosotros tres.

—Hagan lo que les plazca.

Koldo pensó que su madre, al fin, había cedido. El joven preguntó a Venancio:

—¿Qué pasará cuando crucen la muga?

—Allí nos esperan los compañeros —respondió el hombre—. El Gobierno de Navarra simpatiza con la guerrilla de acá. Nos reagruparemos y se harán nuevas incursiones.

—¿Seguirán peleando..., haciéndose matar? —se atrevió a decir Koldo.

—Tal vez —dijo Yosune—. Exigimos el derecho a vivir en nuestra tierra, aquí, sin que nos traten como apestados. Lo vamos a conseguir —y señalando a Koldo con el dedo índice—: Y lo verás tú mismo...

—Será un trabajo de riesgo —interrumpió Venancio—. Sucio y duro, hay que decirlo, pero el fin lo vale.

—¡Arriesgar la piel por una causa perdida! —dijo Cecili—. Hacer daño y recibirlo. Por una bandera, por una patria, por las patrañas del político. Jugarse la piel un día y los siguientes...

—Nuestra piel no vale un céntimo —dijo Yosune —. Estuve a punto de dejármela quitar; y también les pasó a otros. Pero pudimos sobrevivir. Lo importante es la dignidad, por ella luchamos.

Koldo mantenía tensas las pupilas. Las palabras de Yosune le removieron las entrañas con un nuevo calor, como la leña, como el vino. Cecili contemplaba a su hijo con una atención fija y dolorosa. Hizo además de levantarse.

—Creo que lo que ustedes necesitan es un buen sueño; sobra esta cháchara. Joseba los conducirá a sus habitaciones. Llevan varios años sin ocuparse, pero aun así se sentirán descansados.

Todos se movieron. Joseba Ulacia les hizo señas de que lo siguieran.

—Venancio, quédate —pidió Cecili—. Tengo que hablarte.

Se quedaron solos el hombre y la mujer. De pie. Enfrentados. La luz de las bujías convocaba sombras en las paredes, tránsitos. Llegaba hasta los dos el tamborileo de la lluvia.

—Quería estar contigo, a solas —dijo ella—. Debo hacerte una proposición.

Venancio pudo advertir un timbre nervioso en la voz de la mujer, una violencia.

—Dime lo que sea.

—Lo haré sin rodeos. Deseo que abandonéis esta casa lo antes posible. No debéis permanecer más tiempo aquí.

—Te comprometemos —aseguró Venancio—, ¿no es así?

—No lo hago por mi gusto... Créeme que lo siento. Tengo mis razones y son muy poderosas. Pensarás que soy cruel y que traiciono la amistad que un día hubo entre los dos.

—Cecilia —dijo Venancio, llamándola esta vez

por su verdadero nombre–, tú tienes miedo de algo que me sobrepasa... No es la policía, ni la *Ertzaintza*, ni los *beltxas*, ¿verdad?

–No. No son ellos.

¿Entonces?

La mujer hizo como si no hubiera oído la pregunta. Hubo una pausa de silencio. Y después:

–Haré un trato contigo; espero que te convenga –Cecili se acercó unos centímetros al hombre–. Escúchame, hoy somos pobres, pero tengo ahorrados algunos euros: veinte mil en papel. Tómalos, coge a tu gente y deja el caserío al amanecer. Esa cantidad, por adelantar tu marcha en unas horas, es una buena oferta.

Venancio miraba a la mujer con mal disimulada admiración. Ella le sostenía la mirada como si fuera más fuerte.

–Cecilia –dijo él con pesadumbre–, nada tienes que darme. De ti no puedo aceptarlo. Hace diez años fui un estúpido al marcharme de aquí. Lo hice entonces por mi propia voluntad, por despecho y porque tú no me hiciste albergar la más mínima esperanza. Hoy quieres comprarme para que me vaya nuevamente. Nuestro destino es bien triste.

Por primera vez, el rostro de Cecili se dulcificó. Parecía desarmada de su arrogancia, de su misterio; desvalida ante Venancio.

—Entonces... ¿no lo aceptas?

—El dinero no. Pero puedes hacer algo por nosotros. ¿Tienes caballos?

—Dos mulas viejas y la yegua de Koldo. Nada más.

—¿Puedo contar con una mula?

—Tuya es; pero debéis marcharos en cuanto amanezca.

—Te lo agradezco, Cecilia —suspiró Venancio—. Bajo esta lluvia, los senderos se nos harán imposibles. Con un animal será distinto. Piensa que me hice responsable de la chica y de mi otro compañero.

—Bien. Todo resuelto. Sobran más pláticas.

Venancio asintió con un gesto. Cecili parecía haberse tranquilizado.

—¿Puedo darte un consejo? —añadió él.

—Dámelo.

—Se trata de Koldo, de tu hijo. Ya es un hombre, aunque te empeñes en manejarlo como suele hacerse con un niño. Si así sigues, lo perderás. Tarde o temprano, el chico tendrá que depender de sus propias decisiones.

Cecili fue a decir algo y se contuvo. Con el rostro demudado, miró a Venancio como si él tratara de extraerle algún secreto celosamente protegido. El hombre se sintió culpable.

—Adiós, Cecilia. Gracias por todo.

En aquel paraje, el regato se remansaba un

poco. El desnivel de su lecho era allí imperceptible, con aguas claras de corriente rápida; aguas que se empeñaban en arrastrar las piedras y en limar las guijas que se oponían a su curso. Más abajo, esta regata tributaria iba a dar a un río verdadero, tumultuoso en ocasiones, hostil a veces, traicionero en más de una ocasión. Río de caudal grande, lecho profundo y ribazos amplios; rico en truchas y en salmones, depredadores que siempre se querenciaban sobre los flujos con mucho oxígeno, en las breves rompientes. Aquel lugar lo utilizaban contrabandistas y huidos de la Justicia para pasar una divisoria que antes era autonómica y ahora nacional. El regato hacía de límite y de frontera. También se dijo que por allí operaron, sin mucho éxito, los maquis españoles, en un intento de hostigamiento que la Guardia Civil redujo sin unas pérdidas excesivas. Porque entonces, el Gobierno era fuerte, despótico y celosísimo de la unidad nacional, y Euskadi, rápidamente derrotada en aquella guerra aborrecible, aún no había conseguido no ya su autonomía, sino la posterior independencia del Estado español.

Venancio Areta no esperó a que estuviese anochecido para cruzar la regata. Desde que salieron del caserío —y del amparo de Cecili y los suyos— no había dejado de llover, y se veía mal y solamente a escasos metros. Un vapor parecía ascender entre las hayas y los robles, desdibujando sus hermosas copas, cualquier contorno. Esa humedad, venida de la tierra y del cauce, uníase al agua que destilaba la caldera enorme de los cielos. Temió, Venancio, por un instante, que pudiera haber gente emboscada cerca del ribazo, pero desechó la idea por improbable. Además, era un riesgo a correr.

—Cruzaremos en fila —dijo—. Yo iré delante y el Cabrero cerrará la marcha con la mula y la impedimenta. Y tú, Koldo, procura que no resbale tu yegua... El caudal es poco.

Venancio Areta entró en el agua, que ahora aparecía gris y cenagosa. Y tras él, Koldo y Yosune, ambos subidos a su caballería. Más atrás, el Cabrero, junto a la mula, acarreando los macutos y el viejo Cetme. A Venancio le volvió a molestar la pierna. Para su propio desconcierto, la aventura de Koldo —su llegada— le tenía desorientado. El hombre no dejaba de pensar en el desconsuelo de Cecili y en su aflicción. (Koldo se había unido al pequeño grupo de comandos pocas horas después de dejar éstos el caserío. Traía a su yegua, un bonito animal de piel lustrosa y leonada.)

—Vengo a unirme a ustedes —había dicho—. He seguido su rastro.

Venancio se calló un juramento. El Cabrero bajó su arma.

—No pretendemos echarte, hijo —explicó Venancio—, pero esto no es un juego.

—Estoy del todo decidido —contestó el joven resueltamente—. Traje algo de provisión.., y la yegua nos será útil. Cuéntenme como uno más de ustedes, como un español más...

—Abandonaste a tu madre —le increpó Yosune.

—Alguna vez tenía que ocurrir; me asfixiaba en el caserío —Koldo echó hacia atrás su cabeza mojada, el pelo largo y desigual. Ya no era un muchacho, se había hecho hombre en una noche—. Pero volveré... Sólo que entonces será mi madre quien me necesite.

—No habrás venido solamente por eso —dijo Venancio con ironía, girando el cuello para enfrentar mejor a Koldo.

—He venido también por ELLA —respondió Koldo, señalando con el brazo a Yosune.

La muchacha no supo qué decir. Juzgó difícil renunciar al pasado.

—No cabe duda de que maduraste —dijo Venancio, y enseguida—: Nos retrasamos demasiado. Ea, aviémonos....

La corriente era escasa, incluso en la zona central del cauce; pero aquel regato estaba lleno de zarzas, de maleza, de ramas desgajadas por la lluvia, de lodos y piedras harto resbalosas. El ribazo frontero iba a resultar difícil, tan pendiente y tupido, tan oscuro. A Venancio, el agua le llegaba a la altura de los muslos; las bestias cruzaban muy despacio, pero con desahogo. El Cabrero miró hacia atrás y creyó ver un relampagueo entre los árboles. En el mismo instante, Venancio se alarmó de súbito por el silencio de los pájaros.

—¡Coño, dense prisa! —chilló.— ¡Crucen rápido, rap...!

Se oyeron breves descargas, sonando estrepitosamente en el silencio. La yegua se alzó sobre sus patas traseras y Yosune tuvo que aferrarse a la cintura de Koldo para no caer. Pequeños surtidores de agua surgieron en el flanco de los fugitivos.

—¡Corran, corran, chilló Venancio, ahí está la *chacurrada*...!

El Cabrero atravesó a la mula, ya en mitad del regato, e intentó alzar el pesado Cetme. No lo consiguió. Algo le hizo perder el equilibrio y empezó a escurrirse, con lentitud, hacia el agua, por encima del cuello de la mula. Venancio apenas tuvo tiempo de recoger el arma, mientras el cuerpo del aragonés caía al agua cenagosa. Venancio atisbó el rostro de aquel hombre y supo que estaba muerto. No intentó sujetarlo y el bulto de su corpachón fue confundiéndose con las aguas turbias y el vapor del río. Koldo alcanzaba la otra orilla. Venancio Areta se dispuso a luchar contra la débil corriente, sabiéndose, de antemano, destruido. Koldo y Yosune se parapetaron detrás de un grueso tronco; sólo se veía a escasos metros, y ambos pensaron que desarmados no podían proteger al hombre. Éste llegó a la orilla, trastabillando y se tendió entre zarzas. Unos juncos de río le brindaron una somera protección. Yosune Icíar distinguió media docena de figuras rojas que corrían agazapadas. Seguían disparando, pero esta vez Venancio respondió al fuego. La balacera cobró nuevo vigor y algunas de las sombras coloradas retrocedieron y se ocultaron. Una bala de subfusil se incrustó junto al tronco que resguardaba a Koldo y a Yosune; pequeñas astillas les salpicaron el rostro.

—¡Marchad, marchad, estáis a tiempo...! —la ronca voz de Venancio llegó nítidamente hasta los jóvenes—. ¡Deprisa, los perros quieren cruzar!

—Vámonos —dijo Yosune—. Se nos vienen encima.

Koldo no acababa de comprender. Le fascinaba aquella imagen que se ofrecía ante sus ojos: la caza. Un puñado de hombres cercando al enemigo para destrozarlo.

—No podemos dejarle ahí —protestó Koldo—. Nos lo van a matar.

—He perdido la jodida arma —dijo Yosune ahogadamente—. Nos matarán a los tres.

71

—Aguantaremos.

—¡Venancio está ya muerto, compréndelo! —gritó la mujer—. ¡Nadie en el mundo lo podrá salvar! Agradécele el que estemos vivos. ¡A najarse, ea!...

El grupo de los *ertzainas* continuaba disparando. Venancio respondía al fuego desde el cañaveral. Guerreras rojas y negras se desplegaron junto al río.

"Cosa de segundos", pensó Venancio. "Los muchachos habrán tenido el tiempo suficiente." Yosune alzó una mano y golpeó de través la cara absorta de Koldo. El chico gimió apagadamente pero pudo reaccionar. Fue en pos de la muchacha y la ayudó a encaramarse a la yegua. Después lo hizo él. La mula los fue siguiendo con docilidad. El talud no era tan pronunciado, y pronto estuvieron a muchos metros del ribazo. El teniente mandó hacer alto el fuego. Se llegó hasta el cañaveral y tropezó con el cuerpo semiencogido de Venancio, que yacía de bruces. Los otros se fueron aproximando paulatinamente, aún con recelos. La patrulla esperaba órdenes.

—¡Joder, se nos han ido dos! —dijo el teniente en un vascuence vizcaíno, y empujó con una bota el cuerpo de Venancio—. Este cerdo ya no guarrea...

Menguaba el aguacero. Anochecía con rapidez.

NOTA:

"Huida bajo un paisaje de agua", es versión corregida de la novela del mismo título, merecedora del Premio Guipúzcoa 1971